Jorge el Curioso
en el hospital

MARGRET y H. A. REY

SCHOLASTIC INC.
NEW YORK · TORONTO · LONDON · AUCKLAND · SYDNEY

Curious George Goes to the Hospital/Jorge el Curioso en el hospital

No part of this publication may be reproduced in whole or in part, or stored in a retrieval system, or transmitted in any form or by any means, electronic, mechanical, photocopying, recording, or otherwise, without written permission of the publisher. For information regarding permission, write to Houghton Mifflin Company, 666 Third Avenue, New York, NY 10017.

Copyright © 1966 by Margret E. Rey and H.A. Rey. Spanish translation copyright © 1993 by Scholastic Inc. All rights reserved. This edition published by Scholastic Inc., 730 Broadway, New York, NY 10003, by arrangement with Houghton Mifflin Company.
Printed in the U.S.A.
ISBN 0-590-47113-9

15 14 13 12 11 10 9 8 7   23   02 03 04 05 06

Éste es Jorge.

Jorge vivía con su amigo, el hombre del sombrero amarillo. Era un monito muy bueno, pero muy curioso.

Un día, una caja grande que estaba sobre el escritorio de su amigo despertó la curiosidad de Jorge.

¿Qué tendría dentro? Jorge no pudo resistir la curiosidad y la abrió.

La caja estaba llena de piececitas de todas formas y de todos colores.

Jorge sacó una.
Parecía un dulce.

Quizás ERA un dulce. Tal vez se lo podía
comer. Jorge se llevó la piececita a la boca y,
sin darse cuenta, se la tragó.

Poco después volvió a casa el amigo de
Jorge. —Vaya, Jorge, veo que abriste la caja
del rompecabezas —dijo—. Era una sorpresa
para ti. Bueno, vamos a armarlo.

Después de mucho rato, acabaron de armar
el rompecabezas. Bueno, casi acabaron.
Les faltaba una pieza.

El amigo de Jorge la buscó por todas partes,
pero no la pudo encontrar. —¡Qué raro! Es un
rompecabezas nuevo —dijo—. Bueno, qué se
va a hacer. Tal vez la encuentre mañana.
Ahora vámonos a dormir, Jorge.

A la mañana siguiente, Jorge no se sentía
bien. Le dolía la barriga y no quiso desayunar.
Su amigo estaba preocupado y llamó por
teléfono al doctor Pérez. —Iré tan pronto
como pueda —dijo el doctor.

El doctor le miró la garganta a Jorge y le
tocó la barriguita. Después, lo examinó con el
estetoscopio. —No sé qué le pasará —dijo—.
Mejor van al hospital para que le saquen una
radiografía. Voy a llamar para que sepan que
ustedes van para allá.

—No te preocupes, Jorge —le dijo su amigo
camino al hospital—. Ya has estado en el
hospital antes, cuando te rompiste la pierna.
¿Te acuerdas qué simpáticos fueron todos?

Jorge apretó con fuerza su pelota cuando
iban subiendo los escalones de la entrada.

Una enfermera los llevó por un largo pasillo hasta un cuarto y le dio a Jorge un vaso de un líquido blanco y dulce. —Se llama bario —le explicó—. Sirve para que los médicos sepan por qué estás enfermo, Jorge.

En el cuarto de al lado, había una mesa grande y un médico se estaba poniendo un delantal pesado. Después le dio otro delantal

al amigo de Jorge. Jorge sintió curiosidad.
¿Le darían también un delantal a él? Pero
no, no se lo dieron.

—Súbete a la mesa, Jorge, te voy a tomar
unas radiografías —dijo el doctor. Apretó un
botón y se oyó un ruido extraño—. Muy bien,
ya te puedes levantar. Vamos a revelar las
radiografías enseguida.

—A ver… Aquí hay algo raro —dijo el doctor mirando las radiografías.

—Caramba… ¡Creo que es la pieza que faltaba del rompecabezas! —exclamó el amigo de Jorge.

—Vaya, —dijo el doctor—. Al menos ahora sabemos por qué está enfermo Jorge. Se lo diré al doctor Pérez inmediatamente. Jorge tendrá que quedarse en el hospital unos días. Le pasarán un tubo por la garganta para sacarle la pieza del rompecabezas. Será una operación sencilla. Llamaré a una enfermera y los llevará a la oficina de admisión.

En la salita de espera había mucha gente.
Jorge también tuvo que esperar.

—Mira, Beatriz —una señora le dijo a su
hijita—. ¡Es Jorge el Curioso! Beatriz lo miró
un momento pero ni siquiera sonrió. Nunca
antes había estado en el hospital y tenía miedo.

Finalmente le tocó el turno a Jorge.

Una enfermera joven lo llevó a otra habitación. "¡Caramba! ¡Qué cantidad de cuartos y de enfermeras!", pensó Jorge. Una enfermera escribió muchas cosas acerca de él: su nombre, su dirección y por qué se sentía mal. Otra enfermera le puso un brazalete.

—Tiene tu nombre, Jorge —le dijo ella—, así todos sabrán quién eres.

En ese momento regresó la enfermera joven.
—Me llamo Carolina —dijo—. Ahora te voy
a llevar a tu cama. Está en la sala de los
pequeños. Allí puedes acostarte. Vas a ver
a muchos niños y niñas.

Y así fue. En la habitación había muchos
niños y niñas. Algunos estaban levantados
y otros estaban acostados en su cama, con
médicos y enfermeras atendiéndolos.

A David le estaban haciendo un transfusión
de sangre. Esteban andaba en un carrito con
una pierna vendada. Beatriz estaba acostada
al lado de la cama de Jorge y se veía triste.

Jorge se alegró de poder
acostarse por fin porque le estaba
doliendo de nuevo la barriga.

Su amigo se sentó a su lado. —Ya tengo que
irme, Jorge —dijo al rato—. Vendré mañana
temprano antes de que te lleven a la sala de
operaciones. La enfermera
Carolina te dará las
buenas noches cuando
sea la hora de dormir.

Cuando se fue, Jorge
empezó a llorar.

Tal como lo había prometido, el amigo
de Jorge regresó a verlo la mañana siguiente.
Las enfermeras tenían a Jorge muy ocupado.
Una le estaba tomando la temperatura; otra
le tomaba la presión arterial; una tercera le
estaba dando una pastilla ("para que te dé
sueño, Jorge", dijo) y otra
estaba preparando
una inyección.

—Te va a doler, Jorge —le dijo la última
enfermera—, pero sólo por un momento.

Le tomó el brazo y Jorge gritó.

—Pero si todavía no te he tocado con la
aguja —exclamó la enfermera riéndose—.
Mira, ya terminé. No fue tan terrible,
¿verdad?

No, en realidad
no lo fue. Además,
ya había pasado.

Cuando el ayudante llegó con la camilla para
llevarlo a la sala de operaciones, ya Jorge tenía
mucho sueño pero
como era muy curioso
y quería ver qué
iba a pasar, trataba
de no dormirse.

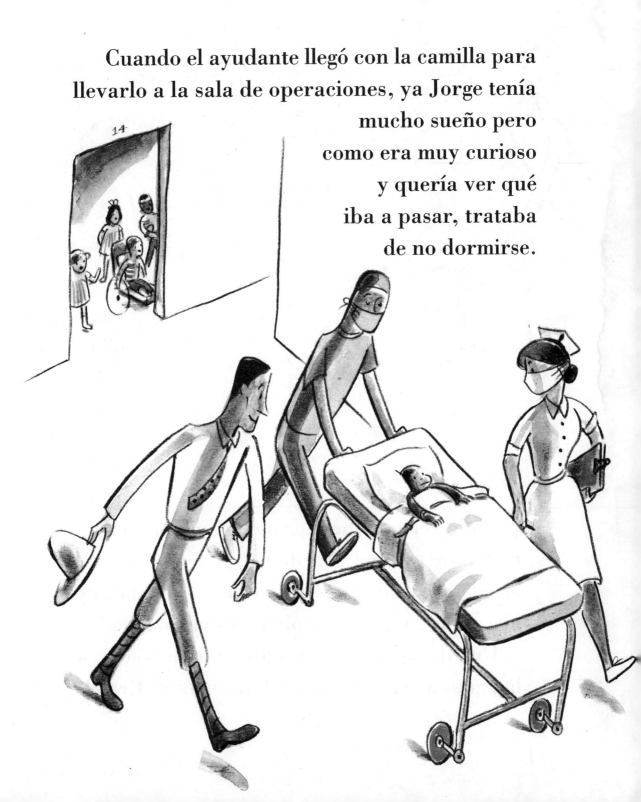

Pudo ver una mesa grande con lámparas brillantes encima y médicos y enfermeros a su alrededor. Todos tenían gorros en la cabeza y máscaras en la cara. Sólo se les veían los ojos.

Uno de los médicos le guiñó un ojo y le pasó la mano por la cabeza cariñosamente. Era el

doctor Pérez, que lo había ido a ver a su casa.
Se veía cómico con la máscara puesta y... de
pronto Jorge se durmió.

Cuando Jorge despertó, no se acordaba de lo que había pasado. Ni siquiera sabía dónde estaba. —Ya pasó todo, Jorge —le dijo la enfermera Carolina—. Te sacaron la pieza. En uno o dos días, estarás como nuevo.

Su amigo le llevó un libro de colores, pero Jorge tenía mareo y dolor de garganta. ¡Ni el nuevo libro le daba curiosidad! Cerró los ojos. —Vamos a dejarlo que duerma —dijo la enfermera—. Mientras más duerma, mejor.

Por la mañana, Jorge se sintió un poco
mejor y comió helado. El doctor Pérez fue
a visitarlo y también su amigo.

Beatriz lo miraba a cada rato. Parecía
menos triste, pero no sonreía.

Esteban se acercó en su carrito a la cama de
Jorge. —Mañana me podré levantar y caminar
—dijo—. ¡Qué ganas tengo de caminar!

—Vamos al salón de juegos, Jorge —dijo la enfermera Carolina al día siguiente—. Por la tarde vendrá tu amigo a llevarte a casa.

El salón de juegos estaba lleno de niños y niñas. Una señora le estaba enseñando a Beatriz a hacer dibujos con los dedos. Había muchos juguetes, incluso un teatro de títeres. Eso fue lo que más le llamó la atención a Jorge. Como él tenía cuatro manos, podía mover cuatro títeres al mismo tiempo.

Jorge dio un
gran espectáculo
de títeres con un
dragón, un payaso,
un oso y un policía.

Los niños rieron
y gritaron,
e incluso
Beatriz sonrió
un poco por
primera vez.

En el salón de juegos había un televisor y un
tocadiscos. Jorge sintió curiosidad: si se subía
encima del tocadiscos
y apretaba el botón,

¿daría vueltas
como en un tiovivo?

¡Claro que sí!
Comenzó despacito
y poco a poco fue dando
vueltas más y más
rápido y... ¡zas!
Jorge perdió el equilibrio
y salió volando
por el aire....

   Por suerte, cayó sobre un enorme cojín
blando. Los niños aplaudieron y Beatriz
volvió a sonreír. Jorge era MUY divertido.
   Pero la encargada del salón
de juegos recogió a Jorge.
   —Ya está bien —dijo—.
Ahora duerme un poco antes
de almorzar. Hoy tenemos
mucho que hacer. El alcalde
nos hará una visita y más
tarde regresarás
a casa, Jorge.

Cuando Jorge se despertó,
Esteban estaba empezando a dar
sus primeros pasos. Una enfermera lo ayudaba
y el resto de los niños estaban mirando.

A un lado, el carrito de Jorge
estaba vacío. Jorge lo miró
con curiosidad.
Primero lo miró
y luego se subió
en él.

Agarró las ruedas y,
cuando nadie lo estaba
mirando, echó a rodar el carrito y salió a toda
prisa de la habitación.

Jorge echó
a rodar el carrito
muy rápido. ¡Esto sí que
era divertido! Corrió a lo largo del
pasillo. Para entonces, la enfermera
se dio cuenta de que Jorge se había ido
y salió corriendo detrás de él.

—¡Jorge! ¡Jorge! —le gritaba.

Jorge estaba tan
encantado que ni la oía.
Dobló a toda velocidad la esquina
y bajó por la rampa al piso de abajo, donde
varios hombres empujaban carros de comida
y un grupo de médicos y enfermeras

le mostraban el hospital al alcalde.

Jorge trató de parar,
pero era demasiado tarde.
¡BAM! Chocó con los carros de comida.
Por todo el piso se derramaron espinacas,
huevos revueltos y jalea de fresa. Algunos se
resbalaron y se cayeron. Jorge salió disparado
del carrito y ¡aterrizó justo en los brazos del
alcalde!

¡Qué lío se formó!

—¡Me rompiste todos los platos! —gritó uno.

—¡Destrozaste el carrito! —se quejó otro.

—¿Qué pensará el alcalde? —dijo otra voz.

Y así continuaron las quejas.

De repente, todos levantaron la vista. En el piso de arriba se oía una risa feliz: era Beatriz que se reía a carcajadas. Todos los niños comenzaron a reír; de pronto, se oyeron las carcajadas del alcalde y, finalmente, todos se echaron a reír. Todos, menos Jorge.

Beatriz bajó corriendo por la rampa, abrazó a Jorge y le dio un beso. —No te pongas triste, Jorge —dijo—. ¡Fue MUY divertido! Nunca me había reído tanto. ¡Qué contenta estoy de que hayas estado en el hospital conmigo!

Después habló el director del hospital:
—Cuánto siento lo ocurrido, señor alcalde —dijo—, pero me parece que lo mejor será limpiar este desorden y olvidarnos de todo.

—Jorge —continuó el director—, hiciste
un desorden terrible. Pero también alegraste
a Beatriz y eso no lo pudimos lograr nosotros.
Veo que tu amigo acaba de llegar para llevarte
a casa. Así que, adiós Jorge, y cuídate mucho.

Cuando Jorge
y el hombre del
sombrero amarillo se marcharon
del hospital, los niños se asomaron a las
ventanas para decirles adiós.

Justo en el
momento en que arrancaba
el carro, la enfermera Carolina llegó a la
carrera. —Aquí te traigo una cajita con algo
tuyo, Jorge —gritó—. ¡Pero no la abras hasta
que llegues a casa!

Jorge sentía mucha curiosidad,
pero, ¿quién no?
Tan pronto llegó a la casa,
rompió el papel
y abrió la cajita.

¡AHÍ estaba la pieza
del rompecabezas
que había causado
todo el lío!

—¡Qué amable el doctor! ¡Nos guardó la pieza! —comentó el hombre del sombrero amarillo—. AHORA sí podemos terminar el rompecabezas.

Fin